LE BIENHEUREUX QUINOT,

DE DOLE.

LE BIENHEUREUX

H. P. QUINOT,

DE DOLE.

—

ESSAI,

Lu dans une Séance publique de l'Académie de Besançon,
le 24 Août 1844.

par M. Léon DUSILLET.

DOLE,

IMPRIMERIE DE A. PRUDONT, ÉDITEUR.

1844.

EXTRAIT des *Registres mortuaires de l'Église paroissiale de Dole.*

—

Messire Hugues-Philippe QUINOT, Doyen rural du décanat de Dole, ancien prêtre chapelain, natif de l'église collégiale de Dole, directeur de la maison des Orphelins, de l'Hôpital royal, du Bon-Pasteur, des Mères Annonciades et des Carmélites, mort âgé de 77 ans, le 1ᵉʳ Mai 1745.

L'ABBÉ QUINOT,

MORT EN ODEUR DE SAINTETÉ.

—

§ I.

LE DÉPART.

J'essaie d'esquisser quelques traits de la vie d'un vénérable prêtre, dont ce faible écrit ne contribuera point à perpétuer le souvenir. Je tiens les détails qu'on va lire d'un curé octogénaire (A), qui les tenait lui-même de plusieurs vieillards dignes de foi. Comme je ne fais que répéter ce que j'ai ouï dire, mon récit sera simple et sans apprêts. Ce n'est pas en termes pompeux qu'il convient de parler du plus humble de tous les hommes.

(A) M. Alexis Bérignot, de Dole, curé de Biarne.

HUGUES-PHILIPPE QUINOT, fils de Jean-Claude et de Marguerite Brun, sa femme, naquit à Dole, capitale de la Franche-Comté, le 13 janvier, 1666 ; ainsi, sa naissance précéda de deux ans la première conquête de cette ville par Louis XIV.

Son père, ancien secrétaire du magistrat, ne manquait pas d'instruction, chose rare dans un pays bouleversé par des guerres continuelles, et sa mère unissait à une piété sincère cette fermeté d'âme et ce courage tranquille dont les femmes avaient donné tant de preuves durant le dernier siége (B). Leurs filles, Catherine et Marie-Barbe élevées loin du monde, s'étaient accoutumées de bonne heure à les imiter, à cultiver les vertus de famille et à pratiquer le devoir sans effort.

Trois semaines après la naissance de Hugues-Philippe, sa mère l'offrit à Dieu dans la chapelle de Parisot, dédiée à la Vierge (1). Elle pria le Seigneur de bénir ce frêle enfant, et de lui conférer un jour la dignité du sacerdoce. Dieu ne rejeta point sa prière, mais il tarda long-temps à l'exaucer.

Marguerite, qui avait la poitrine délicate, voulut nourrir son fils, contre l'avis des médecins. Son époux et ses filles la supplièrent en vain de se ménager ; elle traita leurs secrets pressentimens de chimères. Le cœur plein d'une tendre inquiétude, elle passait les jours et les nuits à veiller près d'un berceau, à regarder, d'un œil d'amour, cette figure paisible, ce sourire intelligent et ces traits gracieux qui lui retraçaient sa propre image.

Le nom du Seigneur fut le premier mot que Hugues-Philippe sut bégayer. Unique espoir d'une famille reli-

(B) Celui de 1636, par le prince de Condé.

gieuse, il reçut dans la maison paternelle une éducation toute chrétienne. Ses sœurs plus âgées que lui de onze à douze ans, guidèrent ses premiers pas et lui apprirent à lire et à prier. Elles se mêlaient aussi à ses jeux, pour l'amuser et pour l'instruire. La mémoire de Hugues-Philippe était déjà si sûre, qu'il récitait souvent, tout d'une haleine, plusieurs strophes d'hymnes latines qu'il ne comprenait pas, ou divers passages des sermons du père Le jeune (2). Dès qu'il eut atteint sa neuvième année, on l'envoya étudier chez les Jésuites, dont le collège fut célèbre depuis, sous le nom de Collége de l'Arc (3). L'œil exercé des révérends pères découvrit aisément le mérite caché de leur nouvel élève. Il est vrai que cet élève, doué d'une rare intelligence, concevait, retenait avec une facilité extrême, ce qu'on lui enseignait. Sa docilité, sa réserve et son application soutenue le rendaient cher à ses maîtres. Il montrait surtout une maturité d'esprit au-dessus de son âge.

Mais l'homme, hélas! est condamné à souffrir. Hugues-Philippe, tout jeune qu'il était, subit la loi commune. Sa mère tomba malade, et les médecins déclarèrent que la poitrine s'engageait. Ce fatal arrêt consterna toute sa famille, et son fils en fut accablé. C'était la première douleur réelle qu'il eût ressentie; le trait pénétra jusqu'au fond de son cœur. L'image de sa mère s'offrait sans cesse à son esprit. Il consacrait à cette mère chérie ses heures de récréation et toutes celles qu'il pouvait dérober à l'étude. Chaque soir, il revenait l'embrasser mille fois et lui conter quelques joyeux devis ou quelque bon tour des écoliers de l'Université. Il feignait toujours de la trouver moins faible

que la veille, et lui lisait soit un passage de la Bible,
soit un chapitre du Miroir du Pécheur pénitent, ou de
la vie de Jeanne Bereur (c); mais elle préférait l'histoire
merveilleuse d'Espagne, à tout le reste. Son cœur battait au nom de Pélage et au récit de cette longue lutte
des chrétiens et des infidèles, lutte acharnée qui dura
six siècles, et que terminèrent enfin, sous les murs de
Grenade, le pieux Ferdinand et la courageuse Isabelle.

La lecture achevée, on s'occupait des soins du mé-
nage, pour ne point s'entretenir des affaires publiques.
Parler des Français, c'eût été troubler la veillée. La
fière Marguerite, dont le cœur était tout Dolois, se rap-
pelait que Louis XI avait brûlé la ville où elle était née,
que Louis XIII l'avait assiégée rudement et que Louis
XIV l'avait deux fois conquise. Elle haïssait le joug de
l'étranger et regrettait sa vieille Espagne. L'amour de
leurs anciens rois était le culte de nos pères. Il fallait
entendre Marguerite narrer les désastres de son pays,
la peste, la guerre, la famine et tous les fléaux dé-
chaînés. Partout le feu, le fer et un carnage immense (D).
« O terre des Francs-Comtes, disait-elle, qu'as-tu fait
» de leur gloire et de ta liberté? qu'as-tu fait des Vau-
» drey, cette fleur de Chevalerie? ma main contiendrait
» aujourd'hui le peu qui reste de leur cendre. Où sont
» les deux Ronchaud, Du Saix et Saint-Martin, ces

(c) La mère Bereur, Thérèse de Jésus, fondatrice, à Dole, du cou-
vent des Carmélites. Christophe Mercier ou Albert de St.-Jacques,
carme déchaussé, composa sa vie, qui fut imprimée en 1673. Le Miroir
du Pécheur pénitent, par le père Matherot, Capucin. In-8° imprimé à
Bruxelles, en 1645.

(D) Le récit des maux que la Franche-Comté éprouva, en 1638 et
1639, se trouve dans les Mémoires de Girardot, seigneur de Beauchemin.

» fidèles gardiens des montagnes (4)? Boivin aussi
» a disparu. C'était le dernier des Dolois. Des traitres
» nous ont livrés à Louis, et le Parlement lui-même !...
» mais respectons le vouloir de Dieu! puisqu'il nous
» ordonne d'être soumis à ceux qui règnent, il nous
» fera peut-être un cœur pour les aimer. »

Elle ne soupçonnait pas qu'un Bourbon succéderait
à Charles II, et qu'un jour, il n'y aurait plus de Pyrénées!

Six années s'écoulèrent de la sorte. Marguerite minée
par une fièvre lente, dépérissait à vue d'œil, mais la
grâce soutenait ses forces, qu'une longue maladie épui-
sait. Dieu qu'elle avait cherché dans toute la simplicité
de son âme, se révélait à elle, dans toute la plénitude
de sa miséricorde. Elle conservait, malgré son état de
faiblesse, une vigueur d'esprit et une fermeté de prin-
cipes inébranlable. Son fils, un matin, accourut vers
elle, tout effrayé. « Félicitez-moi, ma mère! s'écria-t-il
» d'une voix tremblante, une pierre détachée d'un vieux
» mur a failli m'écraser, et, sans le hasard qui m'a
» bien servi..... » Sa mère, au lieu de le féliciter, l'interrompit, d'un air mécontent : « C'est Dieu qui vous
» a bien servi, lui répondit-elle. Le hasard est le Dieu
» des impies; il est aveugle et sourd comme eux. »

Cependant, les jours de cette digne femme déclinaient
vers leur terme. Elle appela son fils, avant d'expirer,
et lui serra la main. « Je vais mourir, lui dit-elle; de-
» main vous n'aurez plus de mère, mais gardez-vous
» d'en murmurer. Dieu, qui ne me devait rien, m'avait
» donné la vie et j'ai pu jouir de la magnificence de ses
» œuvres. Mes yeux ont vu ce firmament qui raconte sa

» gloire, et cette terre qui serait heureuse, si l'homme
» ingrat n'eût point péché. Mon humble tâche est finie ;
» mais cette tâche serait imparfaite, si mes faibles le-
» çons n'avaient point inspiré à mon fils l'amour de la
» vertu, et s'il quittait la route étroite et sûre que les
» ténèbres ne couvrent jamais. » Puis, s'adressant au
reste de sa famille : « Pourquoi ces inutiles plaintes ?
» La mort n'admet point de rançon. Il ne faut pas pleu-
» rer celui qui meurt dans la foi, car on ne pleure pas
» un vainqueur, le jour de sa victoire (E). Je vais où
» sont allés mes pères, et bientôt vous me rejoindrez (F).
» Tu me les rendras tous, ô mon Dieu ! purifiés, bé-
» nis, régénérés en toi, couronnés de mérites, de gloire
» et de lumière. Ce religieux espoir me rassure et charme
» mes dernières douleurs. O mort, qu'on disoit si ter-
» rible !... où est maintenant ton aiguillon (G). »

Marguerite, à ces mots, soupira faiblement et tré-
passa. Ses filles l'ensevelirent de leurs propres mains,
après l'avoir baignée de larmes. Son mari ne se consola
point d'une perte si cruelle. Il se retira au village, et
ne songea plus qu'à se réunir à la meilleure moitié de
lui-même.

Catherine et Marie-Barbe se chargèrent de diriger la
maison et de surveiller leur frère qui terminait son
cours de philosophie et touchait à sa seizième année.
Mais l'emploi d'*institutrices* ne leur convenait pas (H).

(E) Nolite flere mortuum, neque lugeatis super eum flotù. *Jerem.* 22.
(F) Non amitti sed præmitti videntur. *Ambrosius.*
(G) O mors ! ubi est victoria tua ? Ubi est stimulus tuus ? *Paulus* ad
Corynthios.
(H) Le vrai mot serait *pédagogues*, mot jadis en honneur. Témoin
le *pédagogue chrétien*, livre estimé, du père d'Outreman.

Elles n'avaient ni la prudence ni l'aménité de leur mère. Elles n'en avaient que l'austère vertu. Un rien effarouchait leurs scrupules, et leur piété rigide imputait à péché la moindre faute. Hugues-Philippe était à la gêne auprès de ses sœurs, qui le reprenaient toujours d'un ton brusque, et le chapitraient avec aigreur. Il se lassa enfin de la sécheresse de leurs leçons et de la roideur de leur caractère, et cette lassitude amena le dégoût de la vie domestique, de la prière et du travail. Un seul mot eût guéri cette âme infirme, mais ce mot affectueux, Catherine et Marie-Barbe ne savaient pas le dire, et d'ailleurs capituler, c'était céder. Un jour donc qu'elles grondaient de plus belle, il se leva de table et sortit. Pour la première fois, il fit l'école buissonnière, et ne rentra qu'une heure après le couvre-feu. Qu'on se figure les alarmes et l'indignation des pieuses filles! Elles jugèrent sa perte certaine, et, ne gardant plus de mesure, lui reprochèrent son ingratitude, sa paresse et sa mutinerie; elles le traitèrent d'enfant rebelle, qui serait pire un jour que l'abbé de Watteville, ou qu'un faucheur de Villeroi (5). Hugues-Philippe, dont la patience était à bout, ne daigna point se disculper, et ses sœurs, qui du reste l'aimaient tendrement, remarquèrent avec effroi, le calme sombre de sa figure et l'amertume de son sourire. Elles baissèrent les yeux et la voix, mais le coup était porté, et leur frère venait d'échapper à leur tutèle.

Décidé à leur rompre en visière, il affecta de ne point assister le lendemain, à la messe des Carondelet (1). Il

---

(1) Fondation pieuse. Les chanoines de Dole devaient chanter, tous les matins, à cinq heures, une messe pour le repos de l'âme des Carondelet.

alla dîner à une fête de village, et revint conter lui-même à ses sœurs stupéfaites, qu'il avait dansé jusqu'au soir. Le jour d'après, ce fut bien un autre sujet de douleur et de honte.

Il était d'usage, avant la conquête, de représenter à Dole des mystères (6). On dressait aux halles un théâtre où se plaçaient le mayeur et sa garde, et le son de la grosse cloche annonçait l'heure du spectacle. Un jour, des comédiens arrivés de Dijon, affichèrent la tragédie du Cid, imitée de Guilain de Castro. Ces deux noms espagnols mirent toute la ville en émoi. On voulut voir la pièce qui avait tant excité la jalousie du Cardinal de Richelieu, dont la Franche-Comté détestait la mémoire. Hugues-Philippe était du nombre des curieux. Les accents passionnés du Cid et de Chimène le pénétrèrent et le ravirent. Il en jetait des cris de joie et d'admiration. Catherine et Marie-Barbe en jetèrent à leur tour de détresse, quand elles apprirent ce nouveau scandale. Leur frère applaudissait à l'amour effréné d'une jeune fille qui épousait le meurtrier de son père! Il fréquentait des excommuniés, dont le chef était privé de la sépulture des fidèles (J)! Le souffle du vice avait flétri cette âme si pure, avait desséché cette jeune plante que les eaux de la grâce ne vivifiaient plus. Toutefois, comme la rigueur eût mal réussi, le coupable en fut quitte pour une assez faible semonce. Mais les caresses et les menaces glissaient sur un cœur fermé. Il persista dans son inconduite, cessa d'étudier et négligea toutes ses pratiques dévotieuses.

Ses sœurs ne l'appercevaient plus qu'à l'heure des

(J) Molière, mort en 1673.

répas. Il affectait de leur témoigner la même déférence, mais ses égards avaient quelque chose de contraint et de froid. C'était la courtoisie d'un voyageur qui passe et oublie ses hôtes.

Les mauvaises compagnies achevèrent de lui gâter l'esprit. Il s'accosta, un matin, à la chasse d'un vieux *retrahan* (K) criblé de vices et de blessures. Ce retrahan querelleur, avait servi sous Lacuson, et témoin de sa fin tragique, savait seul où était cachée la cendre de ce brave et malheureux guerrier (L). Il avait vu les trois siéges de Dole, la bataille de Poligny, le sac de Pontarlier et l'incendie d'Arbois. Il avait vu sauter en l'air la tour de St.-Ylie et les lambeaux épars de ses seize défenseurs retomber tout fumants au milieu des ruines (7). La Comté de Bourgogne une fois soumise, il s'en fut rejoindre à Turkeim l'armée du maréchal de Turenne. Cette dernière campagne lui valut de la part des Comtois, le surnom de Renégat, qu'ils ajoutèrent à ses autres titres. Le traité de Riswick mit seul un terme à ses courses aventureuses.

C'était au surplus un joyeux compagnon ; mais il ne parlait que de ses vaillantises et n'estimait que le métier des armes. Quiconque aimait la paix n'était qu'un lâche à ses yeux. Il se moquait de Hugues-Philippe, de ses manières aisées et de son air affable, qu'il traitait de manque de hardiesse. Il lui citait, par malice, l'exemple du père d'Iche, blessé à la guerre de deux

(K) *Retrahan,* mot du pays, signifiant également soldat en retraite et soldat de milice, qui faisait partie du contingent que chaque village devait fournir en temps de guerre.

(L) Prost, dit Lacuson. Il disparut un jour, et l'on ne sut jamais ce qu'il était devenu.

coups d'espadon, et s'ébahissait de ce qu'un Capucin avait plus de cœur que tous ces beaux mignons si frais et si peureux (M). Le jeune Dolois, naturellement brave, rougissait de honte et bouillait de dépit. Ces fades plaisanteries le piquaient au vif. Il se serait engagé sur l'heure, s'il n'eût craint d'être appelé Renégat à son tour. Le retrahan ravi du succès de sa ruse, prenait alors un ton plus animé, et lui peignait la gloire et les avantages de l'état militaire. Il calculait les profits d'une guerre interminable, supputait tous les grades qu'un Comtois dévoué à la dynastie des Bourbons était sûr d'obtenir, montrait Catinat secouant à Senef sa poudre plébéienne, et Louis foudroyant l'Escaut et le Rhin, Louis, dont l'arrivée soudaine était pour Hugues-Philippe une faveur du ciel.

En effet, le canon de la place proclamait, depuis une heure, cette nouvelle assez froidement reçue. Louis XIV venait après neuf ans visiter sa conquête (8). La Reine et le Dauphin étaient avec lui; la Reine, illustre victime parée pour le sacrifice, et le front déjà ceint des bandelettes de la mort (N). On découvrait au loin une longue file de voitures entourées de mousquetaires noirs et gris. Des courriers tout chamarrés d'or, se succédaient de minute en minute. On achevait de pavoiser et de garnir d'écussons et de tapisseries de Flandres l'hôtel *Bereur*, où le roi devait s'arrêter. Un immense cartouche fleur-delysé surmontait le palais du prince. On y avait peint

---

(M) Frère Eustache, d'Iche, capucin, fut blessé deux fois de deux mousquetades, au siége de Dole, en 1636. Il était de la maison de Choiseul.   BOYVIN.

(N) Elle mourut le 30 juillet 1683, six semaines après son voyage à Dole.

un soleil avec cette superbe devise : *Nec pluribus impar* :
il pourrait éclairer plusieurs mondes. Le doyen Patouillet tirait du tabernacle l'hostie miraculeuse (9), et
le mayeur Buzon de Champdivers préparait un triple
compliment (o). La garde bourgeoise et les deux compagnies d'élite, revêtues d'uniformes bleus et rouges,
reprenaient lentement leurs armes. Il est amer et dur
d'orner le triomphe du vainqueur.

Mais l'aspect de Louis échauffa peu à peu l'enthou-
siasme. On fut frappé de la beauté de ses traits, de la
dignité de son maintien et de son exquise politesse.
C'était en outre le fils aîné de l'Église ; c'était l'oint du
Seigneur et le Roi très-chrétien. Toutefois on se taisait
encore ; on se bornait à l'admirer. Mais quand, accom-
pagné de sa femme, de son fils et de son frère, précédé
d'une foule de princes et de seigneurs, Louis, tout ra-
dieux de la splendeur du trône, eût abaissé la majesté
du diadème devant celui qui règne et doit régner dans
tous les siècles et au-delà, soudain la grande voix du
peuple poussa son cri solennel. Cet éclat, cette pompe,
cette magnificence inconnue, ce faste de la cour et du
clergé, ce mayeur vénérable et tout le magistrat pré-
sentant, à genoux, les clés de leur ville, cette maison
du Roi si brillante, ces rues jonchées de fleurs, cette
tour percée de boulets et devenue tout à coup lumi-
neuse, les acclamations de la multitude, le son des
cloches et le fracas de l'artillerie étourdirent, enivrè-
rent Hugues-Philippe. Ébloui, fasciné, saisi d'une es-
pèce de vertige, il court s'enrôler, reçoit quatre pis-

(o) Pour le Roi, la Reine et le Dauphin, qui avait alors près de 24
ans. Louis XIV et Marie-Thérèse en avaient chacun 45.

toles, et part pour l'armée, suivi du Renégat qui lui pré-
disait gloire et fortune.

§ II.

LE RETOUR.

Cette fuite inopinée pétrifia les deux sœurs. Elles
se regardaient d'un air stupide, et ne laissaient échapper que ces mots..... parti!..... perdu!..... à jamais!....
Quoi! ce frère élevé à l'ombre du Seigneur, se mêlait
parmi des hérétiques (p)! Il abjurait l'Espagne et la tombe
de sa mère! infidèle à de nobles souvenirs, il avait vendu
le reste de sa liberté. Ainsi, plus de patrie, plus de famille! Ces cruelles images déchiraient l'âme de Catherine et de Marie-Barbe. Accroupies sur leur foyer, la
tête voilée d'un pan de leur robe, elles ne répondaient
que par des soupirs à leurs amis les plus intimes, et
faisaient signe qu'on se retirât. Enfin, Dom Mercier,
leur oncle, prieur des Bénédictins (q), essaya de calmer
cette affliction si vive. « A Dieu ne plaise, leur dit-il,
» que je blâme de justes regrets, mais souffrez du
» moins que je les partage, je suis faible et souffrant
» comme vous, et mon cœur répond à vos larmes. »
Ce début insinuant produisit quelque effet. Catherine et
Marie-Barbe, qui révéraient leur oncle, prédicateur cé-

(p) L'édit de Nantes n'était pas encore révoqué.
(q) Dom Ambroise Mercier, prieur de l'abbaye de St.-Vincent, à Besançon, né à Dole, le 17 mai 1635. Son principal ouvrage est une ex-
plication de la Somme de St.-Thomas, en 13 volumes in folio.

lèbre et véritable *bouche d'or*, consentirent à l'écouter,
et l'on s'apperçut qu'elles étaient émues. Leur langue
peu à peu se délia. Elles remercièrent le Prieur et le
supplièrent de les bénir. Le bon père profita de ce mou-
vement de la grâce, et leur remontra qu'une douleur
immodérée déplaît à Dieu, parce que désespérer d'un
meilleur avenir, c'est se défier de sa justice. Lorsqu'il
vit que cette réflexion les touchait, il leur demanda,
d'un air sérieux, si leur frère était seul coupable et si
leur zèle outré n'avait pas aigri ce caractère fier et sen-
sible. Les deux sœurs qui se reprochaient déjà leur rigueur indiscrète, demeurèrent muettes et confuses. Elles sentirent que Dieu les avait punies et cessèrent de
se plaindre de Hugues-Philippe. Elles distribuèrent d'a-
bondantes aumônes et fondèrent une messe qu'on devait
dire chaque année, le jour même où leur frère avait
disparu. Elles offrirent douze cierges à saint François-
Xavier et à saint François de Sales, protecteurs de la
ville (10), et se vouèrent au service des indigents et des
malades qu'elles aidaient de leur pécune et de leurs
conseils. Mais les soldats surtout, de quelque nation
qu'ils fussent, avaient des droits certains à leur pitié gé-
néreuse. Tout ce que Marie-Barbe et Catherine exigeaient
d'eux, c'était qu'ils priâssent pour Hugues-Philippe. Elles
s'imaginaient que la prière d'un simple soldat, montait
vers le ciel plus naïve et mieux écoutée. Enfin leur vie
n'était qu'une longue suite de bonnes œuvres.

Ce frère, toujours présent à leur amour, avait quitté
son pays avec une joie mêlée de tristesse; mais la tristesse à dix-sept ans est un léger nuage du matin que le
premier souris de l'aube fait évanouir. Hugues-Philippe

2

se flattait, sur la foi du Renégat, que le plaisir et la gloire l'attendaient à la frontière. Il fut détrompé, sitôt qu'il eut rejoint le régiment de Soubise. Les Comtois passaient pour une nation presque barbare, qui habitait de noires forêts de sapins et des *baumes* (ʀ) impénétrables. On racontait que dans une horrible famine, ils s'étaient nourris de chair humaine (11). Ces bruits avaient circulé de bouche en bouche, et les Français, peuple moqueur, accablaient Hugues-Philippe de railleries. Celui-ci, qui souffrait impatiemment l'insulte, voulut se fâcher, et les ris redoublèrent. On se plaisait à contrefaire ses gestes, sa tournure, et jusqu'à son parler un peu lent. Il prit alors le parti le plus sage; ce fut de réprimer un courroux inutile et de forcer les rieurs à l'estimer. Il était plus instruit que ses camarades; il lui fut donc aisé de les surpasser, et bientôt, grâce à son mérite et à sa valeur, le jeune montagnard, aimé et considéré de ses chefs, fut fait bas-officier (s) devant Courtrai, qu'assiégeait le maréchal d'Humières. Terrible dans les combats, il était ailleurs d'un commerce doux et facile. Il eut ce que le monde appelle des succès, funestes avantages qu'on doit à la jeunesse, à la séduction, au caprice, à l'attrait insidieux des arts. Mais tirons le voile sur ces tristes erreurs, et ne soyons pas plus sévères que le Dieu qui les a jugées.

Nous ne suivrons point Hugues-Philippe au travers des batailles, et nous ne décrirons ni ses aventures ni ses exploits. On présume seulement qu'il était au siége de Philisbourg et à la prise de Gênes, que son cheval

(ʀ) Cavernes.
(s) On disait alors *bas*-officier, pour *sous*-officier.

fut tué sous lui à Fleurus, et qu'il reçut deux blessures
à Nervinde.

Toutefois, au milieu des hasards, la bonté du Seigneur lui avait épargné une cruelle épreuve. Il ne s'était
jamais trouvé en face des Espagnols, un jour de combat. Mais Louis ayant déclaré la guerre à Charles II, le
maréchal de Noailles franchit les Pyrénées. La moitié
de l'armée française avait déjà passé le Ter et menaçait
Gironne. Hugues-Philippe marchait à l'arrière-garde,
indécis et rêveur, guidé par un faible crépuscule, et
glacé par le froid piquant du matin. Un grand souci pe-
sait sur son âme. La vue de l'Espagne réveillait en lui
de chers et sacrés souvenirs. Il est vrai que la paix de
Nimègue avait cédé la Comté de Bourgogne à Louis;
mais les peuples sont-ils des troupeaux qu'on échange,
et le caprice de la victoire est-il la loi de l'Univers? On
efface, on déchire un traité, gage incertain d'une foi dou-
teuse, mais ce sentiment profond d'amour et de devoir,
cette charte du cœur, peut-on les rayer d'un trait de
plume? Hugues-Philippe, poussé et retenu par mille
idées contraires, ne savait que résoudre. Une voix im-
périeuse lui commandait de fuir; mais fuir, c'était dé-
serter. Tour à tour il avançait et retirait un pied ti-
mide. Ses yeux hagards cherchaient dans l'ombre les
tours de Gironne qu'un Franc-Comtois venait saper.
De moites vapeurs qui drapaient les murs de cette ville
assoupie, lui semblaient un linceul déroulé sur un vaste
tombeau. Le malheureux soldat chancelle. Il saisit,
d'une main convulsive, un tronc d'arbre, s'y cramponne
et perd l'usage de ses esprits. Des traineurs qui l'ap-
perçurent le portèrent à une ambulance voisine. Huit

jours après, on le jeta sur un fourgon qui retournait à Perpignan.

Sa conversion date de cette époque. Le spectacle de tant de guerres plus ou moins injustes le détrompa de toutes ses chimères. Il comprit qu'une gloire sanglante ne vaut pas le prix qu'elle coûte. Revenu aux premières impressions de sa jeunesse, il se ressouvint de la menace du Christ : *Celui qui tire le glaive, périra par le glaive*, et Quinot avait tiré l'épée contre la race de Charles-Quint !

A compter de ce jour, Hugues-Philippe, sous prétexte de ménager le reste de ses forces, s'éloigna des assemblées tumultueuses. Il renonça au jeu, à la danse, à l'escrime, à tous les vains plaisirs d'un monde désenchanté. Mais incapable de trahir son devoir, il continua de suivre un drapeau qu'il n'aimait plus. Trois ans, trois siècles s'écoulèrent ainsi.

Un soir, c'était la veille de la Chandeleur, on venait de battre la retraite à Dole, et la garde du mayeur Mayrot achevait sa ronde. L'après-midi avait été pluvieuse, et les deux sœurs veillaient à la lueur d'une lampe allumée devant une image de la Vierge (т). Deux tisons séparés fumaient aux deux coins de l'âtre. Un vent lugubre gémissait à travers le plomb des vitres déjointes. Jamais Catherine et Marie-Barbe n'avaient été plus mornes et plus navrées d'ennuis. Elles s'étaient raconté leurs songes, et tâchaient de les expliquer, quand un léger coup de marteau interrompit ces rêveries superstitieuses.

(т) La maison Quinot, située rue Carondelet, porte à présent le n° 11; les fenêtres de cette maison s'ouvraient sur le cimetière, au lieu même où est placé aujourd'hui le marché aux herbes et aux fruits.

Marie-Barbe ouvrit la porte et vit un militaire attardé qui demandait la passade. Elle l'accueillit avec bonté. C'était un homme entre deux âges, d'une figure expressive et d'une haute taille. Le hâle avait bruni son teint, mais ses traits amaigris conservaient une beauté mâle. Il remercia, d'un ton grave et doux, ses charitables hôtesses, s'assit en face d'elles, soupira et se tut. Catherine et Marie-Barbe muettes de surprise, examinaient d'un air troublé, cet inconnu qui les considérait lui-même d'un œil inquiet. Son embarras était visible, et les deux sœurs n'étaient pas moins interdites. Leurs yeux ne pouvaient se détacher de ce soldat mystérieux et taciturne. Elles craignaient même qu'il ne leur eût jeté un sort, car elles n'avaient nulle idée du charme sympathique. Catherine se leva la première, et servit les restes du souper. Ce repas fut court et languissant. Le nouveau venu parla peu, mais à chaque mot qu'il disait, Marie-Barbe et Catherine tressaillaient malgré elles. Le son de sa voix leur paraissait l'écho lointain d'une voix qu'elles avaient jadis entendue. L'étranger, à son tour, demeurait sombre et pensif. Il avait les lèvres serrées, les yeux fixes, le teint livide, et s'affaissait sur sa chaise, comme fatigué d'une lutte intérieure. Cette chambre si pleine de graves souvenirs, ce lit où reposait jadis une sainte, et surtout l'aspect de ces pieuses filles, dont les rides précoces et les cheveux déjà gris attestaient les longues souffrances, bouleversaient son âme et retraçaient à sa mémoire tout un passé qui l'accablait. Un frisson douloureux parcourait ses veines, et ses idées devenaient confuses. Il s'approche de la fenêtre, pour respirer. Un faible rayon de lune, qui éclairait à peine le cimetière,

tremblottait sur une touffe d'hérbes et de fleurs sèches.
Ces herbes et ces fleurs cachaient une tombe. C'était
celle de sa mère. Le soldat épouvanté recule. Ses
cheveux se hérissent et son sang se glace. Il a cru voir
se dresser un spectre qui lui montrait la chapelle de
Parisot. Cette terrible vision le foudroie. Il tombe sur le
carreau, en murmurant le nom de Marguerite. Hugues-
Philippe! s'écrie Catherine; mon cœur ne m'avait point
trompée! et les deux sœurs éperdues pressent contre
leur sein ce frère objet de tant de peines. « C'est lui-
» même, répondit Hugues-Philippe, que les sanglots
» étouffaient; c'est lui que Dieu a terrassé! Le voilà,
» tel que le péché vous le rend! »

Il est des scènes de la vie que la plume ni le pinceau ne
peuvent retracer. Les âmes religieuses conçoivent seules
l'ineffable joie de ces saintes filles, dont le frère enfin
retrouvait Dieu, après l'avoir perdu quinze ans. Age-
nouillés tous trois aux pieds de la Vierge, ils confon-
daient leurs plaintes et leurs soupirs. Hugues-Philippe
se frappait la poitrine et ne laissait échapper que des
gémissemens; mais ses sœurs, à force de caresses, ra-
nimaient peu à peu son espoir découragé. Que l'amour
fraternel est un baume salutaire pour les cœurs souf-
frants! Les pleurs de Quinot tarirent, et la grâce qui
soutient et console, releva ce pécheur abattu. Dès qu'il
eut recouvré l'usage de la voix, il renouvela le serment
de sa mère, et prit la Vierge à témoin de ses saintes
promesses.

« Je vous dois tout, après Dieu, disait-il à Cathe-
» rine et à Marie-Barbe; c'est lui qui m'a retiré de
» l'abîme, et c'est vous qui avez désarmé sa justice.

» Jeté, loin de mon pays, sur une terre ennemie, je ne
» me flattais plus de le revoir, car l'homme hélas! sait
» où fut son berceau, mais il ne sait pas où sera sa
» tombe! Quand je songe aux périls que j'ai courus, aux
» piéges que la guerre semait sous mes pas, à la gué-
» rison merveilleuse de mes blessures, je ne doute point
» que vos larmes et vos prières n'aient apaisé le céleste
» courroux. Je vous ai vues dix fois en songe, m'indi-
» quer la seule route à suivre. Vous étiez près de moi
» dans les combats, dans les siéges, et même dans ces
» *présides* (v) mortels pour la vertu, et plus à craindre
» qu'un champ de bataille où l'on ne hasarde du moins
» que la vie. Ah! si malgré mes coupables penchants
» et les déceptions d'une amitié perfide, je n'ai pas tout
» à fait trébuché sur une large voie de perdition et de
» misères, si j'ai gardé un reste de foi et de pudeur,
» c'est que les sages leçons de ma mère et de mes sœurs
» n'étaient pas entièrement sorties de ma mémoire.
» Elles y seront gravées jusqu'à mon dernier jour, et
» mon exemple aura prouvé peut-être, qu'une éduca-
» tion chrétienne est le premier des biens et le plus ri-
» che des héritages, que la divine parole est une se-
» mence qui lève tôt ou tard, que Dieu ne délaisse ja-
» mais sa fragile créature, et que, sur le seuil même
» de l'enfer, on ne devrait pas désespérer de sa clé-
» mence infinie. »

Ce n'est point une vie entière de Hugues-Philippe
qu'on se propose d'écrire ; il suffira donc d'ajouter
que son retour à Dieu fut sincère et sa vocation ferme
et stable. Il reprit le cours de ses études à Besançon,

(v) Garnisons.

où sa piété et sa modestie édifièrent tout le séminaire. Monseigneur de Grammont (v) l'ordonna prêtre, sous les yeux de Marie-Barbe et de Catherine qui remerciaient le Seigneur d'avoir *confit en joie les amertumes du passé.*

Hugues-Philippe ainsi réconcilié avec le ciel, résolut en secret de s'unir à Dieu, d'une manière plus intime. L'oraison, l'abstinence et la lecture des livres de spiritualité, avaient exalté son esprit déjà imbu d'idées mystiques. Il voulait se retirer à Montjeu (x), à l'exemple des vieux Ermites, qui goûtaient au désert une paix inaltérable et les suavités de la vie contemplative. Mais le doyen Michotey lui représenta qu'il fallait du moins laisser mûrir une affaire si sérieuse, et que Dieu n'acceptait pas tous les sacrifices. « La foi, qui n'agit point, » disait ce vénérable pasteur, est une foi tiède et pres- » que éteinte. Tant que l'homme voyage ici bas, il ne » lui est pas permis de se reposer. Son âme promenée » de désirs en désirs, et plus agitée que cette terre » tournante qu'il habite, ne jouit que dans le ciel d'une » éternelle quiétude. » Hugues-Philippe crut entendre la voix du Seigneur. Il se pénétra de la grandeur et de l'utilité de sa mission, et se livra dès-lors à toute la ferveur de son zèle, à toute l'effusion d'une charité inépuisable. Apprendre à se connaître, à se vaincre soi-même, telle fut sa principale étude; chercher et soulager le malheur, telle fut sa longue et sainte tâche. La pureté de ses mœurs, la droiture de son caractère, sa raison supérieure jointe à un esprit cultivé, mais qui craignait

(v) François-Joseph de Grammont, évêque de Philadelphie, abbé de Bittaine, prieur de Jussey, archevêque de Besançon.

(x) Montjeu, ermitage, près d'Esclans.

de le paraître, lui méritèrent l'affection des chanoines
de Preigney, Arvisenet, Bereur (y), de l'ex-mayeur
Guigue (z), et du respectable Boyvin, cette lumière du
chapitre (AA). Directeur éclairé et casuiste habile, il savait émouvoir, persuader, convaincre, et mêler à pro-
pos la sévérité à l'indulgence. Ses paroles pleines d'onction avaient la douceur d'une manne recueillie avant
l'aube, ou d'un miel délicieux. Sa dévotion n'était pas
rigide et ne fuyait point les gens du monde, soit qu'il
se flattât de les ramener à Dieu et de les détacher du
siècle, soit qu'il eût l'espoir de ramasser plus aisément
pour le pauvre, les miettes de leur table, et de tou-
cher le cœur du riche, par mille innocents moyens que
lui suggérait sa piété ingénieuse.

Dieu, qui lui avait donné l'esprit de sagesse, permit
que sa réputation de justice et de sainteté s'accrût rapi-
dement. On lui écrivait de toutes les villes voisines, et
quelques rares fragmens de ses lettres sont parvenus
jusqu'à nous.

Peu de mois avant qu'il mourût, il écrivait à la de-
moiselle Lachiche (BB), qui déjà songeait à prendre l'ha-
bit d'hospitalière :

« Noubliez pas, ma chère fille, que la Religion Chré-
» tienne épure la charité. Épurer la charité, c'est la dé-
» gager de tout intérêt humain, pour ne la rapporter
» qu'à Dieu seul, qui en est le juge et le prix. »

(y) Matherot de Preigney, prieur de Pesmes, Jean-Baptiste Arvisenet,
Philippe Bereur, chanoines.

(z) Arnoux Guigue, mayeur en 1694.

(AA) Boyvin, prieur de Saint-Marcel, frère du président, l'auteur de
l'Histoire du Siége de Dole.

(BB) Elle mourut Mère maîtresse de l'hôpital de Dole, en 1812, âgée
de 88 ans. Ses sœurs n'en parlent qu'avec vénération.

Il écrivait encore à une congrégation de saintes femmes, qui s'était formée à Vesoul :

« Défiez-vous de cette piété curieuse qui épie les faiblesses du prochain, afin de les divulguer. Défiez-vous de cette piété hautaine qui publie ses œuvres et s'admire, oubliant que, chez les payens mêmes, les prières divinisées étaient humbles et boiteuses (cc), et que Dieu ne voit pas ceux qui vont à l'Église, pour qu'on les voie. »

Enfin, on a retrouvé quelques lignes d'un discours qu'on lui attribue, et qu'il prononça un jour qu'en sa qualité de doyen rural, il bénissait un Cimetière.

« C'est ici le lieu de l'éternel silence, et les feuilles mêmes n'y font point de bruit (DD). C'est ici, mes frères, que la vanité du rang s'efface. Une fosse, où l'on jette un cadavre presque nu, un linceul que la cupidité volera peut-être, une bière sur laquelle retentissent des mottes de terre, dont le bruit sourd avertit les vivants de se tenir prêts, des cierges qui ne brûlent qu'un instant, image de la vie qu'un souffle peut éteindre, voilà tout ce qui reste à l'homme et de l'homme. »

Les sœurs de l'abbé Quinot moururent les premières. Le prêtre subit en chrétien cette perte irréparable, mais le cœur du frère fut brisé. L'une de ses blessures se rouvrit. Les travaux du saint ministère achevaient d'ailleurs de le détruire, et cependant il ne se relâchait point des

(cc) Homère. Illiade.

(DD) Le vent n'a point de prise sur les feuilles du cyprès, du sycomore et des autres arbres funéraires. Elles sont trop déliées et trop frêles. Les arbres du silence devaient être consacrés à la mort.

austérités d'une vie pénitente. Sa taille s'était courbée, sa vue s'était éteinte, les macérations et le jeûne avaient cavé ses joues blêmes. Il se coucha enfin et ne se releva plus. Son agonie fut courte et tranquille. On eût dit que son âme était déjà ravie au Ciel. Il expira sur un lit de cendres, le premier mai 1743, et ce fut le doyen Pourcheresse d'Avanne qui lui ferma les yeux.

Le jour de sa mort fut un jour de deuil. Les pauvres pleuraient un père et les riches pleuraient un ami. On le porta dans toutes les rues, la face découverte. Il semblait, à le voir, que son dernier soupir eût été un dernier souris. Une foule innombrable suivit son cercueil. Ce n'était point une de ces pompes funèbres qu'étale à grands frais une douleur fastueuse; c'était le convoi d'un simple prêtre dont le peuple se disputait les reliques. Les uns coupaient une mèche de ses cheveux, les autres, une parcelle de ses vêtements. Il fut inhumé sous les dalles du Chœur de l'Église de Notre-Dame. Il y dort, depuis un siècle, à l'abri du sanctuaire; mais rien n'indique le lieu de sa sépulture, et mes faibles mains ne peuvent même jeter sur sa tombe quelques fleurs hélas! sans parfum.

NOTES.

—

(1) **Parisot.** Ancienne chapelle que la révolution de 1793 a détruite. Elle était dédiée à la Vierge et bàtie sur un plateau qui domine le Doubs, près du village d'A-zans, à l'est de la ville de Dole. On lit dans un registre des délibérations de MM. du magistrat, ce qui suit : (3 septembre 1698.)

« Sur la requête de Messire Arnoux, familier en l'é-
» glise de Dole, exposant que le Révérend Père Lar-
» quand, de ladite ville, capucin, dans la province de
» Rome, avait fait don d'une relique de sainte Célestine,
» martyre, pour être mise à Notre-Dame de Parisot,
» dont le sieur Arnoux est chapelain. Laquelle relique
» aurait été donnée audit père Larquand, par son Emi-
» nence le Cardinal Carpinier, vicaire-général de sa
» sainteté (1), laquelle avait été exposée à l'ordinaire

(1) *Pignatelli.* Innocent XII, le même qui abolit le *Népotisme.*

» qui en aurait accordé des lettres. Il demandait à ce
» qu'il fut permis de les transporter à ladite chapelle
» de Parisot, dépendante de ladite Église de Dole ;
» MM. d'Église lui ayant permis, et priait MM. du Ma-
» gistrat d'assister en corps, en procession, et faire
» sonner la grosse cloche ; ce qui lui a été accordé. »

(2) Le père Le jeune, dit le *père Aveugle*, naquit à Dole,
le 31 octobre 1592, d'un Conseiller au Parlement et de
Geneviève Colard. La maison du conseiller Le jeune était
située rue des Cannes, depuis, rue des Vieilles-Bou-
cheries. Elle porte maintenant le n° 16.

Le jeune fit pour la chaire ce que son contemporain
Mairet, de Besançon (l'auteur de la Sophonisbe), a fait
pour le théâtre. Ses sermons furent traduits en latin, en
Italien, en Espagnol, en Allemand et en Polonais, sous
le titre de *Délices des Pasteurs*. Massillon les avait lus
avec fruit. *Ce sermonaire,* disait-il, *est un excellent ré-
pertoire pour un prédicateur, et j'en ai profité.*

Le style de Le jeune a du reste, tous les défauts de
l'époque où cet oratorien écrivait. Des *concetti*, des jeux
de mots, une érudition indigeste, le trivial à côté du su-
blime, bref un pêle-mêle général ; mais des pensées
fortes, de grandes beautés jointes à une foi vive et à
une onction qui remuait le cœur.

Le jeune mourut à Limoges, le 19 août 1672.

(3) Le Collége de l'*Arc* est composé de deux vastes
bâtimens que sépare une rue. On a jeté sur cette rue un
arceau qui sert à passer d'un bâtiment à l'autre. De là,
ce nom de Collége de l'Arc, appelé d'abord Collége de

Grammaire. Il fut cédé aux RR. PP. Jésuites, en 1580, et le contrat d'établissement fut passé le 18 décembre 1582, entre le père *Auger* et le Magistrat de Dole.

(4) La maison de Vaudrey, l'une des plus célèbres de la Comté de Bourgogne, a produit un grand nombre d'intrépides chevaliers, qui soutinrent dignement leur noble devise : *J'ai valu, je vaux et je vaudrai.* Cette famille s'est éteinte au commencement de ce siècle. La mère de *Verse,* ursuline à Dole, fut une des dernières Vaudrey ; ainsi, un cloître termina les brillantes destinées de cette antique et glorieuse race.

Les deux Ronchaud frères, *baraqués,* dit le conseiller Girardot, dans les masures du château de Saint-Julien, résistèrent long-temps au duc de Longueville, qui les fit prisonniers et les épargna, malgré la sévérité des lois de la guerre. Le Flamand, soldat natif de Dole, qui avait aussi défendu Frontenay, fut pendu par les ordres du même duc.

César Du Saix, baron d'Arnans, fut chargé de la défense de toutes les montagnes du bailliage d'Aval, et devint la terreur des ennemis. Il ravagea une partie de la Bresse, opéra ainsi une puissante diversion, et mit un terme aux dégats des faucheurs du marquis de Villeroi.

Le marquis de St.-Martin, de la maison de la Baume, gouverneur en chef de la province de Franche-Comté, était un valeureux guerrier ; la douleur qu'il ressentit, en apprenant la mort de Ferdinand, infant d'Espagne, termina les jours de ce sujet fidèle.

(5) En ce temps-là on accusait, peut-être à tort, le cardinal de Richelieu d'avoir organisé, sous les ordres du marquis de Villeroi, des compagnies armées de faulx, qui, pour affamer la Comté de Bourgogne, venaient faucher les blés en herbe, jusqu'aux portes de la capitale (Dole). On lit dans l'ouvrage du seigneur de Beauchemin, le récit d'un combat de nuit livré à ces faucheurs, près de Brevans, par les habitants de Dole que guidaient le procureur-général Brun et le baron de Poitiers Valentinois. Tout le monde se battait en ces jours de détresse, moines, magistrats, vieillards, quiconque pouvait manier une pique, marchait bravement à l'ennemi.

Chacun connaît l'histoire de l'abbé de Watteville, officier, moine, pacha en Turquie, puis abbé de Baume. Il est inhumé dans l'Église de ce moutier.

(6) « Ce 15 juin 1571, sur la requête présentée par différentes personnes, d'avoir la permission de jouer la passion en public, et la représenter ; il leur a été permis, et de pouvoir faire sonner la grosse cloche pou leur assemblée. A été de plus délibéré que le sieur Mayeur (Etienne Vurry) irait, avec sa garde, sur l'échafaud des joueurs, pour réprimer les insolences de ceux qui voudraient en faire. Et, en considération des bons devoirs, par les joueurs faits et des grands frais qu'ils ont supportés, pour ladite représentation, leur a été accordé sur les revenus de la ville, une somme de 30 francs. Et permis de faire jouer la fête, pendant huit jours, et danser *aux halles*, jusqu'au son de la cloche seulement, moyennaut qu'ils donneront quatre écus à la

fabrique. Et sera défendu de jouer aux halles, aux jeux de cartes, de dez, à peine de cent sols.

(Extrait du registre des délibérations du Magistrat de la ville de Dole).

(7) Dole fut assiégée trois fois, dans l'espace de 38 ans; d'abord par le prince de Condé, père du grand Condé, en 1636, et par Louis XIV lui-même, en 1668 et 1674. La ville de Pontarlier, qui avait cru se racheter du pillage, en donnant une somme considérable au duc de Weimar, fut victime d'une infâme trahison. Le duc, après avoir touché l'argent, ordonna qu'on brûlât cette malheureuse ville, et Guébriand fut chargé d'exécuter cet horrible arrêt. Le 6 juillet 1639, les *boutefeux* allumèrent partout un vaste incendie. Plusieurs habitants furent consumés dans leurs maisons. On voyait, dit le seigneur de Beauchemin, aussi clair qu'en plein jour, à six lieues de la ville embrasée. Le 9 du même mois, la ville d'Arbois fut aussi prise et brûlée en partie. Le ciel à la fin punit Weimar, ce prince parjure mourut d'un *charbon* sur le cœur, douze jours après le sac de Pontarlier; le marquis de Villeroi faisait faucher les blés du côté de St.-Ylie, à une demi-lieue de Dole (1). Une vieille tour demeurait seule debout à St.-Ylie, au milieu des ruines de la maison de la baronne de Montfort.

(1) De Beauchemin écrit *Saint-Ilier*. On écrit maintenant St.-*Ylye*. Les uns disent que le nom de St.-*Ilier* est une contraction de St.-*Ilithier* ou *Ilytier*, dont les reliques furent apportées à Dole, avec celles de St.-Pan (Sampans), par Agilmar, évêque de Clermont, qui fuyait l'approche des Normands. D'autres croient, et le savant M. Monnier, de Domblans, est de ce nombre, que St.-Ylie vient d'un temple consacré à *Illithia* ou *Lucina*, déesse des accouchements; lequel temple était près de celui de *Parta* ou *Partula* (aujourd'hui *Parthey*).

3

Un caporal y commandait à la tête de quinze soldats.
La tour ayant été minée, Villeroi somma ces braves de
se rendre. Mais le caporal à qui le Parlement avait défendu de quitter son poste, aima mieux sauter en l'air
avec ses gens, que de désobéir à ses chefs. Ce caporal
seul ne périt point, mais il resta presque enterré sous
les décombres. Un sergent français courut à lui, la
hallebarde à la main, et voulut le contraindre à crier :
Vive le Roi de France! Le Franc-Comtois cria : Vive le
Roi d'Espagne! et reçut la mort sans pâlir. *Mémoires
de Beauchemin.*

(8) Extrait des délibérations du Magistrat de la ville
de Dole. (15 juin 1683).

« M. de la Feuillée, gouverneur de la ville, ayant
» donné avis à MM. du Magistrat que le Roi devait ar-
» river sur les 3 heures après midi, MM. du Magistrat
» furent en corps, chez M. de la Feuillée, vers les 2
» heures, pour le prendre et aller à la rencontre de
» Sa Majesté.

» Les équipages des seigneurs de la Cour commen-
» cèrent à passer entre les 4 à 5 heures. Le Roi arriva.
» Le Magistrat avec M. de la Feuillée, allèrent au de-
» hors des glacis de la porte d'Aran (1), où M. de la
» Feuillée présenta à Sa Majesté les clefs de la ville,
» dans un plat bassin d'argent, et le Magistrat, à ge-
» noux, lui fit la révérence. M. de Champd'hivers le
» complimenta au nom de la ville, et tous les suppôts

(1) A présent la porte principale de la caserne, rue du Vieux-Châ-
teau. On y avait exposé le portrait du Roi, sous un pavillon richement
orné.

» de Sa Majesté, étant dans son carosse avec la Reine
» et Monseigneur le Dauphin, les gardes du corps et
» les seigneurs de la maison du Roi, de la Reine et de
» Monseigneur, autour. Ils entrèrent aux acclamations du
» Peuple (1), pendant laquelle marche on sonna la grosse
» cloche et les carillons. Le Magistrat accompagna leurs
» Majestés jusqu'à la maison de M. Bereur (2) qui avait
» été préparée pour les recevoir. Ensuite les seigneurs
» de la Cour avec les gardes du corps, furent prendre
» leurs logements que les maréchaux-des-logis de la
» maison du Roi avaient marqués à la craie les jours
» précédents.

» Les corps de l'Université et de la chambre des
» comptes furent le complimenter en corps, et assurè-
» rent Leurs Majestés de leur très-humble, obéissante
» et inviolable fidélité ; les corps séculiers et religieux
» en firent de même. Ensuite le Roi monta à cheval et
» alla avec M. de Vauban, voir les fortifications dont
» il témoigna beaucoup de satisfaction.

» Sur le soir, M. le Mayeur avec MM. du Magistrat
» présentèrent le vin d'honneur à Sa Majesté, qui était
» de cent bouteilles, et des confitures à la Reine, qui
» les reçurent très-agréablement, avec beaucoup de sa-
» tisfaction.

» Tout ce qu'il y eut de plus distingué dans la ville,
» fut voir manger Leurs Majestés, et, après leur re-
» pas, sur les dix heures du soir, on commença à al-
» lumer les feux que l'on avait préparés au clocher et
» au-devant de la maison de Messire Bereur. La grosse
» cloche et les carillons sonnèrent autant de temps que

(1) Mensonge.
(2) Aujourd'hui la Sous-Préfecture.

» les illuminations durèrent, ce qui attira la curiosité
» du Roi et de la Reine, et de Monseigneur le Dauphin
» qui vinrent plusieurs fois aux fenêtres pour les voir,
» dont ils furent très-satisfaits.

» Le lendemain, 16 juin, Leurs Majestés et toute la
» Cour, précédées des trompettes, timballes et hautbois
» et de leurs gardes, vinrent à l'Église collégiale et pa-
» roissiale de cette ville, pour y adorer l'hostie mira-
» culeuse qui avait été exposée sur le maître-autel au-
» devant duquel on avait dressé deux prie-Dieu. L'É-
» glise et le chœur étaient tapissés des plus belles ta-
» pisseries qu'on eût pu trouver. On célébra une messe
» solennelle en belle musique.

» La dévotion achevée, Leurs Majestés retournèrent
» dans leur palais et en partirent le même jour pour
» Besançon, le Roi n'ayant pas voulu séjourner, quel-
» ques instances que lui en fit la Reine, disant que les
» ordres étaient donnés pour leur voyage, il ne voulait
» pas changer, ni y apporter aucun retardement. »

(9) L'une des trois hosties miraculeuses de Faverney.
Messire Étienne *Patouillet*, de Salins, docteur en théo-
logie, doyen du royal chapitre de Dole.

Le 15 juin 1683, il reçut dans son Église, Louis XIV,
Marie-Thérèse d'Autriche, Infante d'Espagne, sa femme
et le Dauphin, et le 18 novembre suivant, il prononça,
dans l'Église de St.-Maurice de Salins, l'oraison funèbre
de la Reine (1). C'était un orateur distingué. Son style,
nourri de textes et de passages de l'Écriture, a de la
dignité, de la force et même de l'onction. Seulement on

(1) Imprimée à Besançon, chez Louis Rigoine, in-12, 1684.

y trouve un peu d'emphase, mais ce défaut appartient au temps où Patouillet vivait. Dole a eu peu de doyens qui lui fussent comparables. On en trouvera peut-être la preuve dans ces quelques lignes extraites de l'oraison funèbre de Marie-Thérèse :

« La Reine est donc morte, Messieurs! hélas! elle
» est donc morte! et ce corps immobile n'est plus que
» le reste d'une princesse qui a fait toutes les joyes de
» l'Espagne par sa naissance, la destinée de toute l'Eu-
» rope par son mariage, toute l'estime de Louis-le-
» Grand par la force de son mérite, le bonheur de l'É-
» tat par son heureuse fécondité, la félicité de ses peu-
» ples par sa présence, le deuil du royaume par sa
» perte. O vie des grands, quelle vanité! Mort des grands,
» quelle vérité! Vie des grands, quelle vanité, puisque
» tout est fumée! Mort des grands, quelle vérité, puis-
» que tout ce qui reste n'est que cendre! que seriez-
» vous maintenant? Grande Reine! que seriez-vous dans
» votre sépulcre, si vous n'aviez toujours regardé les
» grandeurs comme des illusions, les richesses comme
» des enchantements, les élévations comme des chutes,
» les plaisirs comme des fantômes? Que seriez-vous
» maintenant dans votre sépulcre, si vous n'aviez tou-
» jours vu, par des réflexions chrétiennes, qu'il n'y a
» pas bien loin du trône au tombeau, de Versailles à
» St.-Denis, de la plus longue vie à la plus prompte
» mort, du premier rang qui distingue les Rois, au der-
» nier qui égale les hommes?

» Pour moi, grande Reine! qu'un profond respect
» tient abaissé vers votre cercueil, où votre grandeur
» est ensevelie dans un peu de poussière où l'éclat de

» votre gloire est terni dans l'obscurité des ombres, je
» voudrais apprendre à tous ceux qui m'écoutent à bien
» vivre, par la nécessité où vous avez été de mourir; je
» voudrais leur apprendre à bien mourir, par ce fond
» de vertu et cette plénitude de mérite que vous avez
» laissé à tous comme un exemple et un modèle pour
» bien vivre. *Omnis gloria ejus filia regis ab intùs.*
» J'ai dit. »

(10) Extrait du registre des délibérations du Magistrat
de la ville de Dole.

Le 1er décembre 1691, il a été délibéré d'envoyer chaque année, le jour de la fête de saint François-Xavier,
six flambeaux d'une demi-livre chacun, aux PP. Jésuites,
et autant le jour de la saint François de Sales, qui sont
les protecteurs de la ville, afin de, par leurs moyens,
obtenir les grâces qui sont nécessaires pour la ville, et
l'empêcher de la ruine où elle va tomber.

(11) La famine désola surtout la Franche-Comté, en
1638. Le blé se vendait à un prix démesuré. On vivait
d'herbe, dit Girardot de Beauchemin, et de bêtes jetées
à la voirie. « On tenait les portes des villes fermées, pour
» n'être point accablé du nombre des gens affamés qui
» venaient s'y rendre, et hors des portes, les chemins
» d'une lieue au loin étaient pavés de gens hâves et dé-
» faits, la plupart étendus de faiblesse et se mourant.
» Dans les villes, les chiens et les chats étaient mor-
» ceaux délicats. Puis, les rats étant en règne, furent
» de requise. On en vint à la chair humaine. Première-
» ment dans l'armée, où les soldats occis servaient de

» pâture aux autres, qui coupaient les parties plus char-
» nues des corps morts, pour bouillir ou rotir, et, hors
» du camp, faisaient picorée de chair humaine. On dé-
» couvrit dans les villes, des meurtres d'enfants, faits
» par leurs mères, pour se garder de mourir, et de frè-
» res par leurs frères. La face des villes était partout
» la face de la mort. »

(12) Voici les noms des doyens du chapitre de Dole,
de 1666 à 1743, c'est-à-dire, tout le temps que vécut
le bienheureux Quinot, né en 1666 et mort en 1743.

1° Marin Boyvin, prieur de St.-Marcel.
2° Dom Pedro de Calderon, qui ne prit pas possession.
   Ce Calderon n'était ni plus, ni moins que le célèbre
   auteur dramatique Espagnol. Il était alors chanoine,
   à Tolède, et ce fut Anne d'Autriche qui le fit nom-
   mer Doyen de Dole, en considération des vers qu'il
   avait composés à sa louange.
3° Étienne Patouillet, abbé d'Acey.
4° Antoine Michotey, conseiller-d'honneur à la chambre
   des comptes.
5° Antoine Matherot, de Preigney, conseiller-d'honneur
   à la chambre des comptes.
6° Philippe Bereur.
7° Jean-Jacques Bereur, aumônier de la Reine, prieur
   de St.-Désiré de Lons-le-Saunier.
8° Jean-Claude Riboux.
9° Bonaventure Pourcheresse d'Avanne, conseiller-d'honneur à la chambre des comptes, abbé de Clairfon-
   taine.

MAIRES OU VICOMTES-MAYEURS DE DOLE,
DE 1666 A 1743.

On n'a jamais publié la liste des Maires de Dole. Nous croyons faire plaisir à nos lecteurs d'en donner ici la série pendant l'époque de la vie du bienheureux Quinot. Les Maires alors étaient nommés par le peuple et leur mandat ne durait qu'un an.

1666. Noble Hugues Garnier, docteur en droit, co-seigneur à Choisey.

1667. Noble Jean Froissard-Broissia, seigneur de Bretenières.

1668. Noble Adrien Bacquet, docteur en droit, décédé le 25 mai, remplacé par noble Jean Froissard, puis le 18 août Jean Froissard fut remplacé par noble Antoine Mairot, de Mutigney.

1669. Noble N... Guigue.

1670. Noble Claude Bonvalot, seigneur de Parcey, docteur ès-droits.

1671. Noble Antoine Malabrun, déjà maire en 1659.

1672. Noble Étienne Bonnot, déjà maire en 1663.

1673. Noble Nicolas Moréal, seigneur de Moissey, docteur ès-droits.

1674. Noble Guillaume Matherot, seigneur de Preigney, docteur en droit.

1675. Noble Claude-François Mercier, seigneur de Myon, avocat au Parlement.

1676. Noble Jean-Baptiste Jacquard, seigneur d'Annoire, Beauchemin, avocat au Parlement.

1677. Noble Philibert Mairot.

1678. Noble Claude-François Terrier, seigneur de Montciel.

1679. Noble Pierre Mairot, écuyer.

1680. Noble Étienne-Philippe Broch, seigneur d'Hôtelans, docteur en droit.

1681. Noble Jean-Baptiste Duchamp, seigneur d'Assaut.

1682. Noble Jean Balland, seigneur de Bretenières, docteur ès-droits.

1683. Noble Gabriel Buzon, seigneur de Champdivers.

1684. Noble Louis-François Parregaud, docteur ès-droits.

1685. Noble Samson-François Matherot, seigneur de Pleurre, docteur en droit.

1686. Noble François-Augustin Florimond, docteur en droit.

1687. Noble François Meillardet, docteur ès-droits.

1688. Noble Antoine Camu, écuyer.

1689. Noble Pierre Mairot, déjà maire en 1679.

1690. Noble Georges-Gabriel Buzon, de Champdivers, déjà maire en 1683, mort le 1er août 1690, remplacé par Pierre Mairot, 1er échevin, et déjà maire en 1679 et 1689.

1691. Noble François-Augustin Florimond, déjà élu en 1686.

1692. Noble Étienne Bouton, docteur ès-droits.

1693. Bouton fut continué comme premier échevin, pendant l'année 1693, par une lettre du 17 décembre 1692, de M. de la Fond, intendant de la province, à raison de la vénalité des charges de maire dans le royaume.

1694. Noble Arnoux Guigue.

1695. Noble Jean-Jacques Bonvalot, seigneur de Trémousé.

1696. Noble Jean Magnin, docteur ès-droits.

1697. Noble Pierre-Bonaventure Mairot.

1698. Noble Nicolas Toytot, subdélégué de M. l'intendant.

1699. Noble Pierre-Ignace Masson.

1700. Noble Jean-Claude Petremand, écuyer.

1701. Noble François-Augustin Florimond, docteur en droit, déjà maire en 1687 et 1691.

1702. Servais Perrenet, seigneur de Brevans.

1703.   Id.   id.

1704. Noble Guy-François Jaquinot, lieutenant-criminel au baillage de Dole.

1705. Noble Barthélemy Raclet, seigneur de Chassey.

1706. Quentin Serrinet, licencié ès-lois.

1707. Jean-Simon Moréal, écuyer.

1708. Claude-Alexis Basivette, avocat en Parlement.

1709. Constantin Perrenot, avocat en Parlement.

1710. François Bonvalot, avocat en Parlement.

1711. Noble Claude-Charles Broch, seigneur d'Hôtelans.

1712. Noble Claude Guillot, docteur en médecine.

1713.   Id.   id.

1714. Jean-Jacques Cointot.

1715. Noble Jacques-Adrien Bouhelier.

1716. Pierre-Désiré Mercier, avocat en Parlement.

1717. Noble Claude Guillot, déjà maire en 1712 et
    1713.

1718.   Id.   id.

1719. François-Ignace Quinot, avocat en Parlement.

1720.   Id.   id.

Il était frère du Bienheureux.

1721. Noble Jean-Ferdinand Lampinet.

1722. Pierre-Joseph Bidey.

1723. Claude-Joseph Picard.

> Le 5 mai 1723, M. Lampinet prit possession de
> la charge de maire, en suite de commission, let-
> tres-patentes et prestation de serment. Le 31
> décembre 1723, il n'y eut point d'élections de
> maire, parce que M. Lampinet eut une commis-
> sion en vertu de laquelle il exerça.

1725. Claude-Joseph Picard, déjà maire en 1723.

1726. Le sieur Blaise David.

1727. Antoine-Pierre Duchamp, écuyer, seigneur de la
    Motte.

1728. Noble Pierre-François Raclet, écuyer.

1729.   Id.   id.

1730.   Id.   id.

1731. Noble Jannin.

1732. Noble Vaulcherot.

1733. Noble Navillet.

1734. Noble Joseph-Bonaventure-Antoine Mairot.

1735.   Id.   id.

1736.   Id.   jusqu'en 1743.

www.ingramcontent.com/pod-product-compliance
Lightning Source LLC
Chambersburg PA
CBHW071255210626
46818CB00013B/1450